DRÔLES DE PETITES BÊTES

**Gallimard Jeunesse / Giboulées sous la direction de Colline Faure-Poirée**


ISBN : 978-2-07-055488-1
Premier dépôt légal : août 2006
Dépôt légal : juin 2007
Numéro d'édition : 152805
Loi n° 49956 du 16 juillet 1949
sur les publications destinées à la jeunesse
Imprimé et relié en France par Qualibris/Kapp

# Odilon le Grillon

Antoon Krings

GALLIMARD JEUNESSE / GiBOULÉES

Après ces longs mois d'hiver sans musique et sans joie, Pascale avait oublié tous ses airs. « Fini le temps des cerises, les rires, les danses… Nous n'irons plus au bois et à la claire fontaine », soupira-t-elle en contemplant avec tristesse le jardin qui, dans l'insouciance des beaux jours retrouvés, lui murmurait : « Chante, petite cigale, chante ! »

Elle essaya une nouvelle fois sa voix, mais en vain : sans refrain, le cœur n'y était pas. Alors, toute dépitée, elle retourna se coucher. À peine fut-elle endormie qu'un chant familier, venu du fond du jardin, dispersa bientôt les sombres nuages de ses rêves. D'un bond elle fut à sa porte. « Le grillon ! s'écria-t-elle, c'est lui ! »

Et c'était bien vrai ! Il était là, le grillon, vêtu de morceaux rapiécés et tirant à lui tout seul une vieille guimbarde à musique dont il remontait la clé régulièrement.

– Odilon, grillon des champs et des foyers, musicien de mon métier, dit-il en faisant une vague révérence.

Puis, tendant un chapeau crasseux, il ajouta :

À vot'bon cœur, mam'zelle, voulez-vous toutes mes ritournelles ?

– Toutes ! s'empressa de lui dire la cigale.

– Toutes ? Eh bien c'est parti, mam'zelle ! s'écria le grillon en lançant la musique, et n'oubliez pas d'être là au refrain.

La cigale ne l'oublia pas et en reprenant le refrain retrouva la chanson. Le grillon tendit de nouveau son chapeau jusqu'à ce qu'il fût bien remercié.

« À vous revoir, mam'zelle ! » lâcha-t-il. Et, agitant joyeusement le gibus, il mit sa guimbarde en branle et s'en alla jouer sa musique ailleurs.

Quelques représentations plus tard, notre baladin se présenta à la ruche. La reine des abeilles, qui d'habitude n'aimait pas être dérangée, accueillit la visite impromptue du grillon avec des transports de joie. « Allons, allons, pressons, mesdames ! s'écria-t-elle en agitant ses petits bras potelés. Je brûle d'envie d'entendre sa mélodie. »
À la vue d'Odilon, la reine resta un instant bouche bée. Elle semblait visiblement déconcertée par l'apparence peu reluisante de son hôte.
– Ainsi vous êtes un grillon, dit-elle enfin du bout des lèvres. Je n'en avais jamais vu jusqu'ici… ni entendu d'ailleurs. Pourtant il se dit au jardin — des abeilles me l'ont rapporté, Mireille pour ne citer qu'elle — que vous chantez à merveille.
– C'est trop de grâce, Vot'Majesté, s'empressa de dire Odilon. À vrai dire, c'est à ma boîte à musique que je dois tout le mérite.

– Eh bien, voyons comment cela marche, dit la reine en regardant avec intérêt la mécanique. Je suis tout ouïe.
Alors, sans plus attendre, le grillon s'exécuta et se mit à jouer ses plus belles ritournelles.
Lorsqu'il eut épuisé tous ses airs, Sa Majesté le félicita brièvement :
– Bravo ! dit-elle. Et maintenant voyons de plus près cette merveilleuse boîte à musique.
Elle tourna autour de l'instrument afin de l'examiner minutieusement.
– J'peux vous montrer comment on s'y prend, Vot'Majesté, proposa timidement le grillon.
– Que me chantes-tu là, pauvre croque-note ? lui dit la reine d'un air pincé. Je ne suis pas si sotte. Va plutôt annoncer à tous les habitants du jardin que ce soir je donne un récital.
– Mais, V-v-vot'Maj-j-jesté… bredouilla-t-il en avançant son chapeau.
– Allez, va-t'en ! dit-elle avec impatience. J'ai tout juste le temps de m'apprêter.

Odilon n'eut pas d'autre choix que d'obéir. Il courut prévenir le petit monde du jardin. Et le soir même une foule de curieux se pressa autour de la ruche pour assister au premier récital de la reine. Lorsque celle-ci apparut tout empanachée et vêtue de ses plus beaux atours, la foule se mit à l'acclamer : « Bravo ! Bravo ! Bravo ! »

Alors, avec l'assurance d'une grande artiste, la reine posa une main sur la vieille guimbarde du grillon et salua son public d'une profonde révérence. Tous, à l'exception d'Odilon qui faisait une triste mine, applaudirent et lui réclamèrent des chansons : « Des chansons ! Des chansons ! »

La reine se contenta de sourire. « Rien de très compliqué, pensa-t-elle, il suffit de tourner la clé. » Malheureusement, Sa Majesté était gauchère et elle tourna la clé à l'envers. En remontant ainsi la mécanique, elle déglingua la vieille guimbarde qui, à grand fracas, déroula tous ses airs de travers.

– Assez ! Pitié ! supplia Benjamin en se bouchant les oreilles. Arrêtez tout de suite cette épouvantable cacaphonie !
À ces mots, la foule s'esclaffa bruyamment et reprit moqueuse : « Cacaphonie ! Cacaphonie ! »
– Arrêtez immédiatement cet effroyable zinzin, implora de nouveau Benjamin.
– Impossible ! Elle ne veut plus se taire ! hurla la reine en martelant de son sceptre la pauvre guimbarde. Puis, apercevant soudain le grillon dans la foule, elle lui cria : Tiens, tu peux la reprendre si cela te chante… Moi, j'ai autre chose à faire que de taper sur une vieille casserole ! Et, tirant rageusement sur sa traîne, elle quitta la scène précipitamment.
– C'est ça ! Madame prend ses cliques et ses couacs et pour nous par ici la sortie, le pestacle est fini ! s'écria le lutin, furieux. Eh bien, si c'est comme ça, moi aussi je décampe.
Aussitôt ce fut un éclat de rire général et tous s'empressèrent de le suivre.

Tous, à l'exception de Patouch, qui resta aux côtés d'Odilon.
– Oh non, regardez-moi dans quel état ils me l'ont mise : elle est toute fichue maintenant !
– Mais pas du tout, lui dit la mouche. Elle est encore très bien, cette boîte à couacs ! Tiens, pour tout avouer, elle me donne même envie de danser. Alors si tu veux…
– Et comment je vais vivre sans ma musique ? se lamenta le grillon. Cette boîte, c'était mon gagne-pain…
– Allez, ne pleure pas. On peut essayer de le réparer, ton casse-croûte, dit Patouch en lui posant une patte sale sur l'épaule.
– Mais non, c'est sans espoir, soupira Odilon. Elle est juste bonne pour la casse, voilà tout.
– Alors là tu tombes à pic, s'exclama la mouche. Parce que la casse, c'est mon affaire.

Puis, tirant avec insistance la manche du grillon, elle le supplia :
– Je peux la prendre, alors ? Dis, tu me la donnes, ta guimbarde, hein ?
– Bah, prends-la si ça peut te faire plaisir, lui dit Odilon. De toute façon elle n'aurait rien fait d'autre que de m'encombrer.
Sur ce il s'éloigna tristement et disparut dans le jardin. Après une nuit agitée et sans sommeil, le pauvre grillon s'efforça de retrouver ses esprits et se mit en quête de nourriture. Heureusement, en cette saison la nature était douce et généreuse et il trouva sans difficultés de quoi subsister.

Mais en hiver ce fut une autre affaire. Il dut subir le vent, la pluie, lutter contre le froid et surtout la faim. Quand il ne lui resta plus rien à manger, il se décida alors à mendier. Hélas, partout où il passait, personne ne le reconnaissait et on lui claquait toujours la porte au nez. Ses pauvres habits parlaient contre lui et sans sa musique il n'était rien. Rien qu'un vagabond, un traîne-misère qui pour survivre fouilla dans les poubelles.
– Eh là, pas touche! s'écria la mouche. Les poubelles, c'est mon boulot à moi.

– C’est que… vois-tu… enfin tu sais… dit le grillon un peu gêné.
– Je sais, les temps sont durs, mon pauvre ami, gémit Patouch. Depuis ce matin je gratte, je fouille, je creuse, je fouine partout par ce froid épouvantable, et tout ça pour quoi ? pour une vieille carpette à moitié mitée et une espèce de guitare fendue qui n’a plus que trois cordes !
À la vue de la guitare fendue qui n’avait plus que trois cordes, le visage du grillon s’illumina soudain :
– Oh mais c’est merveilleux ! s’exclama-t-il. Un violon ! J’ai toujours rêvé d’avoir un violon.
– Ah bon, c’est ça, un violon ! Et tu sais jouer de ce machin ? lui demanda la mouche.
– Je crois… enfin je pense. Mon père en jouait très bien, paraît-il.
– Eh bien, tiens, vas-y, essaie ! dit Patouch en lui tendant l’instrument.

Pendant que le grillon jouait sur trois cordes avec virtuosité, Pascale la cigale, prévoyante, veillait sur ses chansons. Elle les répétait les unes à la suite des autres, les fredonnait sur tous les tons, inlassablement, pour ne pas les oublier. Mais à force de rabâcher, la pauvre finissait par mélanger tous ses airs, et l'eau de la claire fontaine dans laquelle elle se débattait devenait de plus en plus trouble.

– Oh mon Dieu, je n'y arriverai donc jamais ! C'est vraiment pas possible d'être à ce point écervelée !

Elle se lamentait, protestait, marchant de long en large, très agitée, quand soudain une voix au dehors l'appela :

– Mam'zelle, voulez-vous toutes mes ritournelles ?

Pascale poussa un cri de joie et se précipita à sa porte.

– Entre, mais entre donc, grillon ! dit-elle avec empressement. Et viens près du feu prendre quelque chose de chaud.

Odilon, qui rêvait depuis longtemps de la chaleur d'une bonne flambée, ne se fit pas prier. Il accepta avec bonheur et soulagement le fauteuil près de la cheminée et la tisane au miel que la cigale lui servit.

– Et si nous écoutions un peu de musique ? proposa Pascale. J'aime tellement vos ritournelles !

– Avec plaisir, mam'zelle, répondit le grillon en prenant son violon. Ainsi nous serons fin prêts le temps venu.